뗏목

압록강 뗏목 이야기

뗏목

압록강 뗏목 이야기

조천현 사진에세이

보리

차례

봄 뗏목을 띄우며

여름 뗏목꾼의 노래

5

봄

•

떼목을 띄우며

뗏목길

한반도에서 가장 긴 물줄기
압록강 이천 리 물길엔
지금도 뗏목이 뜹니다

압록강 상류 고읍 물동에서 운봉호까지
뗏목길 따라 흘러 갑니다

생명의 강 압록강 뗏목길엔
오늘도 뗏목꾼의 노래가 울려 퍼집니다

동흥 물동

동흥 물동은 압록강에 첫 떼를 띄우는 곳입니다
뗏목마을이라고 불리는 이곳에는
뗏목꾼의 후예들이 살고 있습니다
물동엔 겨우내 쌓아 둔 통나무들이 가득합니다
압록강 유벌사업소 임산 노동자들이
통나무를 베어 내려놓은 것입니다
이른 봄이지만 물길을 막아 놓은 수문도 얼어붙었습니다
뗏목꾼들은 어서 얼음장이 풀리길 기다립니다

타리개

참나무 가지를 물에 불려서
둥그렇게 타리개*를 만듭니다
나뭇가지에 물을 먹이면 질긴 끈이 됩니다
타리개는 나무와 나무를 묶어 주지요
그 위에 꺾쇠를 박으면
통나무들은 비로소
뗏목이라는 이름을 가지게 됩니다

*타리개 : 타래를 일컫는 북녘 말. 실이나 노끈 따위를 사리어 뭉쳐 놓은 것, 또는 그런 모양으로 된 것

꺾쇠

꺾쇠는 쇠를 'ㄷ'자 모양으로 구부려 만듭니다
통나무 여러 개를 타리개로 엮고
엮은 통나무들이 물살에 흩어지지 않게
꺾쇠로 단단히 박아 고정시킵니다

박주평 계벌장

먼 길을 흘러온 나무들이
박주평 계벌장에 모여 떠날 준비를 합니다
나무는 밑으로 밑으로 흩어져
저마다 쓰임에 따라 모습을 바꿉니다

나무나 사람이나
제 몫이 있습니다
나무나 사람이나
사는 모습이 꼭 닮았습니다

검척원

통나무들이 강 위에 누웠습니다
같은 길이로 자른 통나무를
검척*원들이 곱자로 나무 두께를 잽니다
남자 검척원이 곱자의 겉눈을 봅니다
노래하듯 나무 두께를 부르면
여자 검척원이 나무 굵기를 받아 적습니다
아무 나무나 뗏목이 되는 게 아닙니다
한아름 두께만큼 나이를 먹어야
뗏목이 됩니다

*검척: 통나무의 지름을 재는 일

나무는 자라서

물 흐르는 뿌리는 나무의 키를 키우고
아름드리 줄기는 뗏목이 됩니다
추위를 견딘 나무껍질은
화덕이 되어 음식을 덥힙니다

떠날 준비

나무와 나무를 묶고
묶인 나무를 엮어 뗏목을 완성했습니다
먼 길 떠날 준비를 마쳤습니다

뗏목을 띄우며

뗏목꾼들이 장대를 들고
뗏목 띄울 준비를 합니다

떠나지 못하게 묶는 것이 아니라
떠나라고 묶습니다

쪽잠

이른 아침, 강에서 일을 끝낸 뗏목꾼이
뗏목 밖으로 나와 쉽니다
뗏목꾼들이 뗏목을 몰 때 꼭 지니고 다니는
도구가 세 가지 있습니다
놀대, 배낭, 도끼
뗏목꾼은 놀대에 누워 배낭을 베고
도끼를 머리맡에 두고
쪽잠을 잡니다

배웅하는 염소

이슬이 채 마르지 않은 아침에
뗏목을 띄웁니다
강가에 나와 뗏목을
배웅하는 사람 틈으로
풀을 뜯던 염소 한 마리 톡 튀어나와
떠나는 뗏목을 오래오래 바라봅니다

떼바

떼목의 방향을 틀 때는
놀대*의 떼바*를 당깁니다
그래야 떼목이 움직입니다
왼쪽 오른쪽 놀대를 당기면
떼목도 이리저리 몸을 틉니다
그렇게 떼목과 떼목꾼은
하나 되어 흘러갑니다

*놀대: 떼목의 방향을 잡아 주기 위해 설치한 조종대
*떼바: 떼목이 기울어지는 것을 막기 위해 떼를 매는 데 쓰는 밧줄

강의 물빛

바람도 강도 뗏목도
멈춘 듯 고요합니다
반짝이는 강의 물빛은
흐르면서 깊어지고
강물을 따라 흐르는 뗏목은
흐르면서 넓어집니다

뗏목은 물결을 따라
걸음을 바꾸고 몸을 바꿉니다
뗏목이 무사히 가려면
뗏목과 뗏목꾼이 한 몸이 되어야 합니다

물길을 알아야

물이 얕아지면
뗏목이 강바닥에 닿지요
강 길을 알아야 제대로 갈 수 있지요
장대로 물 깊이를 확인해 봐야지요
돌에 걸리지 않으려면
강바닥을 훤히 들여다볼 줄 알아야지요
물길을 알아야 제대로 갈 수 있지요

기다리는 시간

장백현 12도구에서 만난
뗏목꾼이 강을 따라 떠났습니다
오늘도 나는 강가에 서서
뗏목이 올 때를 기다립니다
내가 만났던 뗏목꾼은
어디쯤 오고 있을까
강물이 흘러 다시 만나듯
다시 만날 수 있겠지요
기다리는 시간만큼
그리움도 깊어집니다

하늘을 보는 뗏목꾼

놀대를 잡은 뗏목꾼이
하늘을 올려다봅니다
흐려지는 하늘을 보며
비가 내리지 않기를 바라는 마음일까요
비가 오면
서둘러 가거나
멈춰야 하기 때문이지요
뗏목꾼의 마음은
바빠집니다

뗏목이 흐르는 풍경

강을 따라 흐르는 뗏목은
하늘을 보고 산을 봅니다
뗏목 위에 선 뗏목꾼들은
마을도 보고 집도 봅니다

하늘과 산은
강 따라 흐르는 뗏목을 봅니다
마을과 집은
뗏목 위에 선 뗏목꾼을 봅니다
서로의 풍경을 가슴에 담습니다

그리움의 시간

거슬러 오르지 않고 흐름에 맡기는 것
흐르면 언젠가는 닿습니다
그것이 삶이 아닐까요
강에 어둠이 내리고 갈 길이 멀지만
서두르지 않습니다
기다리면 되니까요

뗏목꾼의 마음

흐름이 멈춘 듯 잔잔한 강 위에
뗏목꾼의 그림자가 비칩니다
뗏목꾼은 모름지기 내일을 생각하겠지요
뗏목꾼의 마음이 강물 위에 비칩니다
강물도 소리를 낮추고 귀를 기울입니다

강에 몸을 맡기고

고단해도 웃을 수 있는 건
흐름에 몸을 맡길 줄 알기 때문입니다
더 빨리 간다고 더 늦게 간다고
달라질 게 없습니다
모든 것을 내려놓고
온전히 강에 맡기고 흘러갑니다

강을 품고 사는 나무

나무가 흔들린다
바람에 흔들린다
흙을 품고 서 있을 땐
머리를 흔들고
강을 품고 누워서는
몸을 흔든다
나무는 그렇게
바람과 함께 흔들리며
강물에 누워 단단해진다

뗏목다리

뗏목은 다리가 되고 싶었을까요
여기에서 저기까지 잇고 싶었을까요

뗏목은 배가 되고 싶었을까요
이 사람 저 사람과 함께이고 싶었을까요

뗏목은 이쪽과 저쪽을
이편과 저편을
하나로 이어 줍니다

언제나 새로운 길

새로 난 연둣빛 버들잎이
강변을 물들입니다
이맘때면 강물도 더 푸르러집니다
사람들도 떠날 준비를 합니다
늘 걸었던 길입니다
하지만 언제나 새로운 길입니다

산다는 건

저 환한 얼굴이 강을 닮아 보입니다
어찌 고단함이 없을까요
어찌 편안함만 있을까요

산다는 건 거친 물살 가로질러 가야 하는
강의 길과 같습니다
산다는 건 에돌아도 멈추지 않는 것
강이 말하고 있습니다

흐르는 뗏목처럼

강을 닮고 싶습니다
흐르면서 깊어지는 강
흐르면서 넓어지는 강
강을 따라 흐르는 뗏목처럼
강을 따라 흐르고 싶습니다

여름

●

떳목꾼의 노래

내일로 흐르는 강

강이 뗏목을 가슴에 품습니다
뗏목도 두 팔 벌려 강을 안습니다
산이 나무를 가슴에 품듯
나무는 두 팔 벌려 바람을 안습니다
그렇게 서로가 서로를 품으며 살아갑니다
서로가 서로를 안고 한세상 흘러갑니다
어제로부터 오늘로 또 내일로

여울목에서

물살 센 여울목에 다다르면
뗏목꾼은 늘 마음을 졸입니다
물속의 돌에 걸리거나
물 위의 바위에 부딪히지 않고
제 갈 길 갈 수 있는 것은
오랜 시간 쌓인
뗏목꾼의 지혜 때문입니다

강에게 배운다

강이 거칠어질 때가 있습니다
강을 달래려 해도 소용없습니다
잠잠해지길 기다려야 합니다
강의 흐름에 맡겨야 합니다
삶이 뜻대로 되지 않는다고
거칠어지거나 서둘러 바꾸려 말고
마음이 어디로 흐르는지
들여다볼 일입니다

노를 저어 간다는 것은

고난 없는 삶이 좋을까요
거침없는 삶이 좋을까요
휘도는 물결 노를 저어 나가고
굽이치는 물길
놀대로 방향을 잡아
제 길을 가는 것이 삶이 아닐까요

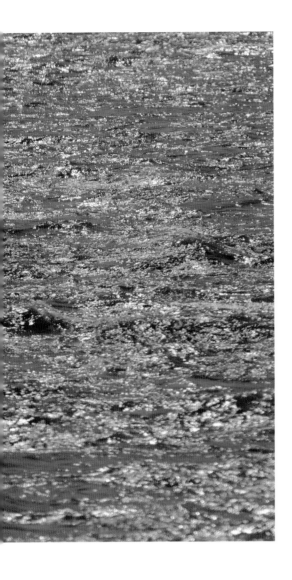

빛과 그림자

강은 어둠을 두려워하지 않습니다
물빛은 어둠속에서도 빛나니까요
어둠은 빛을 이길 수 없지만
빛은 어둠 속에서도 빛납니다
뗏목꾼도 까맣게 그림자 되어
어둠을 이기는 빛이 됩니다

흐름에 맡기고

느리게 떠 가는 뗏목을 바라봅니다
더 빨리 가려고 하지 않고
더 천천히 가려고도 하지 않고
강을 따라가고 있습니다
강을 보면, 뗏목을 보면
삶을 알아 갈 수 있습니다

흐름에 맡기고 함께 가는 것
더 넓게 보고 더 깊이 느끼는 것
그것이 삶과 나란히 가는 길입니다

다가가야 합니다

소리쳐 불러도 들리지 않는 데가 있습니다
그럴 때는 흘러가야 합니다
오래 기다려도 만날 수 없는 때가 있습니다
그럴 때는 다가가야 합니다
그냥 바라보기만 하면 닿을 수 없습니다
마냥 기다리기만 하면
만날 수 없습니다

손을 흔들면

이쪽서 손을 흔들면
저쪽도 손을 흔듭니다
저쪽서 웃으면
이쪽도 웃습니다

어딜 봐도 내 이웃의 웃음입니다
어딜 봐도 서로 닮은 얼굴입니다
어딜 들어 봐도 똑같은 말입니다
사는 이야기를 나누고 싶습니다

화덕 만드는 뗏목꾼

뗏목꾼이 도끼로 통나무 속을 파냅니다
화덕을 만들려고 도끼질을 합니다
뗏목꾼은 뗏목 위에서 밥을 짓고
뗏목 위에서 밥을 먹습니다

점심

점심시간입니다
강 가운데에 뗏목을 서로 붙이고
둥그렇게 모여 앉아
배낭에서 꺼낸 도시락을 펼쳐 놓습니다
밥을 먹기 전 밥 한 숟가락을 떠서
강물에 밥을 뿌립니다
구름 한 점 없는 평온한 한낮입니다

술 한잔

때 되면 화덕에 불을 피우고
국을 끓입니다
국이 되기를 기다리며
술도 한잔합니다

둘러앉아 밥을 먹고
둘러앉아 술을 마십니다
먹고살자고 하는 일이니
밥도 먹고 술도 마십니다

휴식

떼목에서 같이 일하는 사람들은
서로를 보고 웃으며 피로를 잊습니다
강의 흐름에 삶을 맡긴 사람들은
강의 가슴을 닮습니다
어렵고 힘든 날들이 많을수록
서로 믿음도 깊어 갑니다

비 오는 날

비가 내립니다
풀도 비를 맞습니다
강도 비를 맞습니다
뗏목도 비를 맞습니다

비를 피할 비닐박막*이 있지만
하늘도 강도 뗏목꾼도
비에 젖습니다

*비닐박막: 비닐로 만든 종이처럼 얇은 막

갈 길은 멀지만

갈 길은 멀지만
서두르지 않습니다
그저 강물에 몸과 마음을 맡깁니다
때론 천천히 때론 빠르게
때론 멈추면서 강을 읽습니다
기다릴 줄도 압니다
기다림 끝에 만남이 있다는 걸
흐르면 닿을 곳이 있다는 걸
알기 때문입니다

나무 그늘

한낮 땡볕 피하려고
나뭇잎 가득 달린 나뭇가지
뗏목 위에 꽂아 나무 그늘 만들었습니다

나뭇잎 사이로
강바람이 불어옵니다
나무 그늘 아래 앉아
뗏목꾼들이 한 땀 식혀 갑니다

뗏목꾼과 아이들

아이들이 물가에서 놉니다
지금은 뗏목을 저을 힘이 모자라지만
언젠가 뗏목을 길잡이 삼아
먼 여행을 떠날 아이들입니다

책상머리 공부하는 아이들보다
자유롭게 뛰어노는 아이들입니다
더 밝고 큰 꿈을 꾸는 아이들입니다

뗏목꾼의 노래

한길에서
또 다른 길로 떠나는 일은
하나의 삶에서
또 다른 삶으로 건너는 일은
신성한 생활이거니
어찌 노래를 부르지 않으랴

강의 노래
바람의 노래
뗏목꾼의 노래
강은 흐르고 삶 또한 흐르니
무엇이 두려우랴

여기 한세상이 있고
저기 또 한세상이 있으니
흘러 닿아야 할 것을
어느 삶인들 거부할 수 있으랴

뗏목 탄 아낙

한 아낙이 뗏목을 얻어 탔네요
센 물살에 뗏목이 출렁거려도
꼿꼿이 서 있는 모습이
마치 뗏목꾼 같네요
뗏목은 때로 읍내로 나가는
사람들을 실어다 주는
교통수단이 되기도 합니다

애타는 마음

떳목끼리 부딪치지 않기 위해
장대로 떳목을 밉니다
여울목을 지날 때마다
떳목들은 물살에 떠밀려
서로 반기듯 다가갑니다
떳목꾼의 애타는 마음도 모르고
떳목들은 오랜 동무를 만난 듯
함께 흐르려 합니다

바람의 시간

거센 바람이 붑니다
바람에 떠밀려 뗏목이 멈췄습니다
뒤따라오던 뗏목도 엉겼네요
뗏목은 바람 부는 대로
모양이 갖춰집니다
뗏목은 이리저리 이어져
나무다리가 되었습니다
장대를 내려놓은 뗏목꾼들은
중국 쪽 강둑에 앉아
바람이 멈추기를 기다립니다

달콤한 잠

강은 어머니의 품
물소리는 자장가
볕은 따가와도
잠은 달콤합니다
뗏목꾼은 고단한 잠자리에도
꿈을 꿉니다

한걸음이면

한걸음이면 건널 수 있는 곳
손 뻗으면 닿을 수 있는 땅
한걸음에 강 훌쩍 건너
한 뼘 땅 팔짝 뛰어만나면 그만입니다

뗏집

뗏목꾼들이 잠을 자는 숙소입니다
통나무로 지은 귀틀집에서
쉬기도 하고 밥도 지어 먹습니다
이곳에서 뗏목을 묶고 띄우기도 합니다

구름과 강과 바람

구름이 흐르고
강이 흐르고
바람이 흐릅니다
시간도 흐릅니다
몸은 머물러 있어도
구름과 강과 바람을
가슴에 담아냅니다
지나고 나면
그리움으로 남습니다

가을

●

흐르는 강물처럼

유벌공*의 노래

압록강 이천 리 노를 저어 가자꾸나
백두산 푸른 숲이 강 위에 누웠구나
내 서면 길이 되고 내 누우면 길이 되리
해 뜨면 꽃 보고 해 지면 별 보고 가자꾸나
어야디야 가자꾸나 강 따라 가자꾸나

압록강 이천 리 길 흘러서 가자꾸나
손잡으면 하나 되고 묶으면 한 몸 되리
그리움은 만남 되고 기다림도 끝이 나니
해 지면 달 보고 해 뜨면 님 보고 가자꾸나
어야디야 가자꾸나 길 따라 가자꾸나

*유벌공: 뗏목꾼을 일컫는 북녘 말

한낮 강가에서

때가 되면
떠나는 뗏목
다시 만나자고
약속하지 않아도
손 흔들며 웃는다
흐르면 닿을 수 있기에
한낮 강가에서
오늘도 웃는다

꿈꾸는 시간

기다리면 오지요
마음 바쁘다고
빨리 가는 것도 아니지요
서두른다고
먼저 닿는 것도 아니지요
때 되면 가자 하지요
그때 길 위에 서면 되지요
삶이란 머물러도 흐릅니다
멈춘 듯 고요한 시간
지금은 꿈꾸는 시간입니다

그리움은 오래라서 멀고

눈은 강 건너 사람들에 닿아 있지만
몸은 강을 건너가지 못합니다
부르면 대답할 것 같고
건너가면 마중 나올 것 같은
손에 닿을 듯 가까운 땅
강 건너로 오래도록 눈길 머뭅니다

문이 열리면

문이 열리지 않습니다
내일은 문이 열리기를 기다리며
문 앞에서 서성인 날이 얼마였던가요
문은 길입니다
문이 열리고 가슴이 열릴 날은 언제쯤일까요

함께이고 싶은 마음

서로 눈빛만 봐도 압니다
함께이고 싶은 마음
서로 얼굴만 봐도 압니다
하나이고 싶은 마음

낯익은 얼굴

무심히 스쳐 지나갔던 얼굴이 아닌가
강 위에서의 만남이 반갑고 반갑구나
그대는 그렇게 흘러왔고
나 또한 그렇게 흘러갔구나
우리는 낯선 얼굴이 아니구나
보고픈 얼굴이었구나
뜨거운 가슴으로 정을 나누고 싶구나

압록강 강가에서

자꾸만 말을 걸고 싶습니다
한 걸음 다가가고 싶습니다
술 한 잔 나누며 밤새도록
사는 얘기나 하고 싶습니다
그냥 강 건너 놀러 가고 싶다고 말하고
그냥 놀러 오라고 말하고 싶습니다

멀리 가려면

뗏목은 빨리 흐르거나 천천히 흐르거나
속도를 겨루는 시합을 하지 않습니다
좁아지거나 넓어지거나
조급하게 서두르지 않습니다
깊어지거나 얕아지거나
다투지 않습니다
서로 어깨동무하고 기대야
멀리 갈 수 있다는 것을 압니다

떼몰이

떳목을 흘러내리는 물 아래로
내려보냅니다
떳목이 흔들릴 때
긴 장대가 있어 버틸 수 있습니다
물길을 알아야 바로 갈 수 있습니다
서로 힘을 합쳐야 나아갈 수 있습니다
그래서 떳목꾼들은 더 빨리
삶을 깨우치는 모양입니다

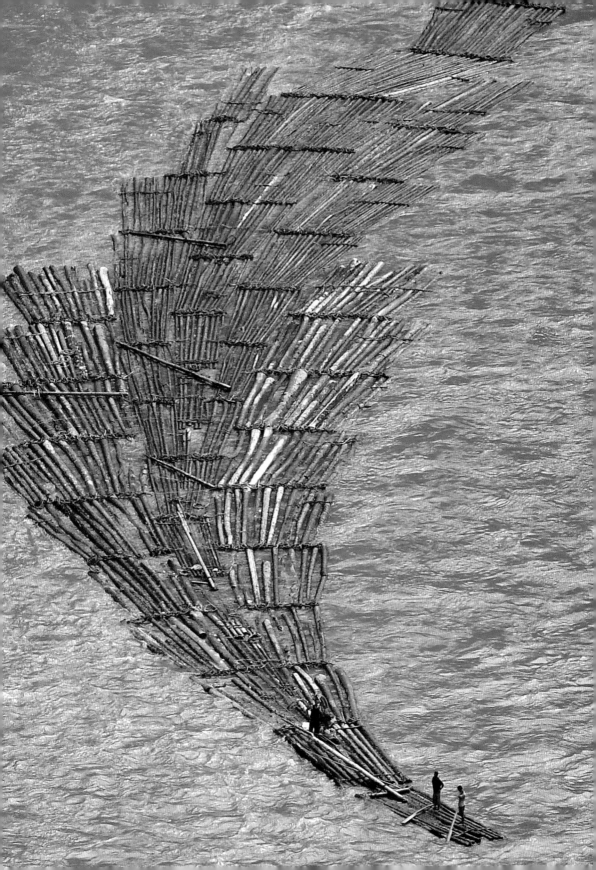

강의 길

세상의 길은
땀 흘리며 가야 할 때가 있고
떠밀리듯 가야 할 때도 있습니다
강의 길은
그 모든 것을 가지고 있습니다
뗏목은 강의 흐름에 맡기며 흘러갑니다
그렇다고 흐름에만 맡길 수 없습니다
된바람에 밀려 들썩이지 않도록
강바닥에 닿아 멈추지 않도록
바위에 부딪쳐 깨지지 않도록
뗏목꾼의 안전한 운전이 필요합니다
목적지까지 뗏목을 무사히 나르는 일은
강과 뗏목과 뗏목꾼이
함께하는 일입니다

물의 길

길 위에 서는 일은
홀로 외로워지길 선택하는 일입니다
다투어 소리 내는
땅의 길을 떠나
좀 더 깊어지고 넓어지기 위해
물의 길을 갑니다
흐르는 강을 보면 알 수 있습니다
길이 무엇을 말하는지
길이 얼마나 삶을 자유롭게 하는지

나무섬

압록강 중간에 있다고
중강진입니다
압록강 상류에서
내려온 뗏목이 중강진에서
모이고 더해져
나무섬을 이루었습니다
강폭이 넓어지고
물살이 잔잔해지는
중강진에 다다르면
이제부터는 뗏목꾼이
뗏목을 끌지 않습니다
끌배가 뗏목을 끌고 가니까요
모여 있는 뗏목도 배를 기다리며
물결에 출렁입니다

풍경

강은 나무를
나무는 사람을
사람은 하늘을
하늘은 강을 품습니다

뗏목 위의 집

따사로운 햇살이
빨간 지붕 위에 내립니다
뗏목 위 밥 짓는 처녀가
유리창을 닦고 빨래를 널었습니다
널어놓은 빨래가 강물 위에 비칩니다
강은 거울이 되어 모든 것을 비춥니다

떠나려는 배

흩날리는 바람 따라

어서 가자고

배가 숨을 고르고 있네요

이제는 떠나가야 할 시간입니다

강물이 아래로 아래로 흐르듯이

뗏목도 강 따라 앞으로 가야 합니다

뗏목은 뒤돌아 다시 오지 않습니다

뗏목은 거꾸로 갈 수 없으니까요

내가 나무라면

내가 나무라면
뗏목이 되어
강물에 몸을 맡기리

내가 나무라면
한생을 눕지 못해
저린 몸
강물에 편히 누이고
흐르는 대로 몸을 맡기리

내가 나무라면
뗏목이 되어
뗏목꾼의 노래를 부르며
강과 구름과
하늘을 보고 살아가리

끌배

뗏목이 한 달 동안
중강진에 모이면
운봉121호 양륙*사업소
양륙직장 선박원들이
운봉호까지 끌배로
끌고 갑니다

끌배는
제 몸보다 큰 통나무들을
저 혼자서 가만가만히 끌고
앞으로 나아갑니다
끌배는
세상에서 가장 느리게 갑니다

*양륙: 물속에 잠긴 것을 뭍으로 끌어올리는 일

뗏목의 날개

뗏목이 새처럼 날개를 활짝 펼칩니다
새가 솟구쳐 하늘을 날아오르듯
푸른 물결 위로
훨훨 날갯짓을 합니다
바람이 뗏목의 꼬리를 밀어
앞으로 앞으로
훨훨 날아갑니다

설렘

오늘도 강가에 나와 앉아
강을 따라 흐르는 뗏목을 봅니다
누군가를 어디로 데려다준다는 것이
또 다른 세상을 보게 한다는 것이
가슴 설레는 일이기 때문입니다
길을 몰라도
떠날 것입니다
그러면 설렘도 크겠지요

산 그림자

해가 강 위에 떠오릅니다
뗏목이 천천히 떠갑니다
물 위에 드리워진
산 그림자도 따라갑니다

햇살이 잔물결처럼 흔들립니다
오늘도 뗏목꾼의 마음은 달뜹니다
뗏목 위에 눈 감고 몸 누이면
그리운 그곳에 닿을 수 있겠지요

압록강에서

새들은 훨훨 날아
이쪽저쪽 오가는데
사람은 왜 건너가지 못하고
강가에 서성이는지
새들은 제 이름 부르며 우는데
사람은 남의 이름만 부르며 웁니다
소리쳐 불러도
그냥 바라보기만 합니다
그럴 땐 다가가야 합니다
건너야 합니다
만나야 합니다

흐르는 강물처럼

산을 휘돌아 강이 흐르고
강을 휘돌아 뗏목이 흐릅니다
곧장 질러가지 않고
휘돌아 가는 모습이 평온합니다
사람도 그렇지 않을까요
흐르는 강물처럼
흐름에 따르면
행복해지지 않을까요

겨울

국경 마을에 눈이 내리면

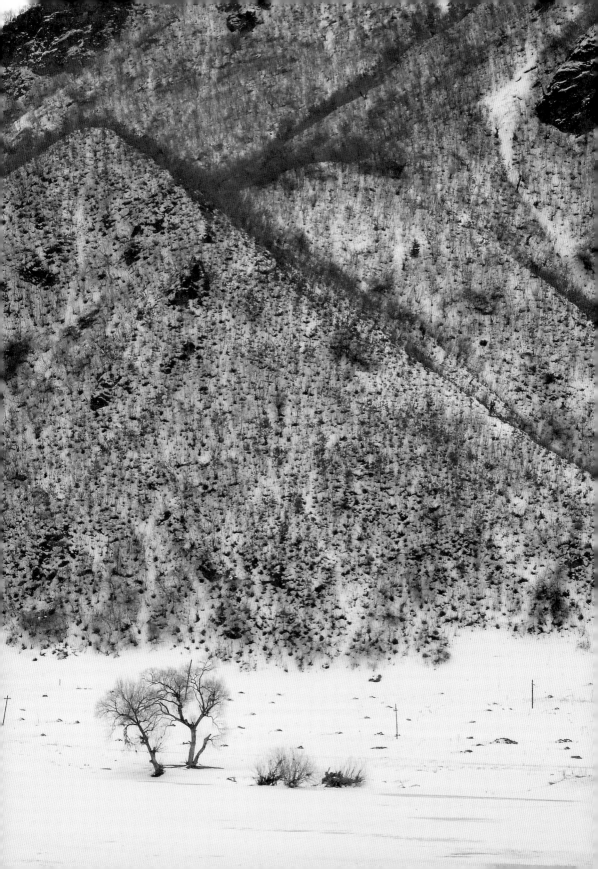

국경 마을에 눈이 내리면

국경 마을에 눈이 내리면
골안 마을 언덕에서 눈썰매 타던
아이들은 압록강으로 뛰어나와
씽씽 외발기 썰매를 탄다

국경 마을에 눈이 내리면
눈발 날리는 산발에서
벌목꾼들이 톱질하는 소리 들리고
통쏘이*길에 소발구 줄지어 간다

국경 마을에 눈이 내리면
얼음장 위로 목탄차*가 연기 날리며 달리고
눈발구에 옥수수 마대를 실은
나그네는 장마당을 간다

국경 마을에 눈이 내리면
압록강은 길이 된다

*통쏘이: 산 비탈면에 쏘임길을 따라 통나무가 저절로 지쳐 내리게 하여 통나무를 모으는 것
*목탄차: 목탄을 연료로 하여 움직이는 자동차

쏘임길

쏘임길*은 통나무가 내려가게 만든 길입니다
벌목한 나무를 실어 오려고
소발구를 끌고 산을 오릅니다
산길을 오르내릴 땐 소발구가 제격이지요
작은 나무들을 보호하려고
기계 대신 소발구로 실어 나릅니다
소는 아무 소리 않고
뚜벅뚜벅 앞만 보고 걸어갑니다

* 쏘임길: 비탈을 이용하여 통나무가 지쳐 내리도록 만든 길

어둠이 내리기 전에

한겨울 산등성이에
어둠이 내립니다
들판 언덕길에
소발구들이 나무를 끌고 갑니다
캄캄해지기 전에 가야 할 길
사람도 소도 마음이 바빠집니다

어둠이 땅으로 스며들기 전
잠깐 하늘이 환해집니다
어둠에서 밝음을 보라는 듯이
저 멀리 마을에 불빛이 보입니다
얼었던 마음이 따스해집니다

집으로 가는 길

소발구에 참나무를 싣고
어서 가자, 어서 가
아궁에 불 지펴
뜨끈한 국물 훌훌 마시고
구들장에 몸 지지다 보면
겨울은 금방 지날 것이다
날은 추워도
마음은 벌써 봄이구나

국경의 발자국

주먹만 한 발자국들이
여기저기 찍혀 있습니다
양안의 사람들이 얼음판에
길을 냈습니다
국경선은 필요 없다는 듯
눈 쌓인 언 강에
발자국을 남깁니다

날이 밝아 오면
아무 일도 없었던 것처럼
국경 마을의 아침은 고요합니다
나는 오늘 밤
언 강에 발자국을 찍고 나올
한 나그네를 만날 수 있다는 생각에
가슴이 뜁니다

나무 실은 기관차

넓은 들 철로 위로
나무를 실은 기관차가 달립니다
기관차는 산에서 벌목한 나무를
목재소로 실어 나릅니다
일을 마친 일꾼들도
기관차를 타고
집으로 돌아갑니다

소발구 행렬

얼음장 위로 소발구들이 줄지어 갑니다
베어 낸 나무를 강으로 옮기려면
사람과 소가 힘을 합쳐야 합니다

나무를 싣고 산에서 내려와
언 강을 건너 강둑까지 옮겨 놓으면
부림소의 일은 끝납니다
이제 집으로 돌아가
여물을 먹고 쉴 수 있겠지요

봄을 기다리는 나무

눈 쌓인 강둑에 통나무가 가득 쌓였습니다
아름드리 자란 나무는
밥줄입니다
튼실하게 엮인 나무는
명줄입니다

통나무를 나르는 림산노동자

나무를 싣고 온 삼수림업사업소 노동자들이
통나무를 내리고 있습니다
지렛대를 사용해 강으로 나무를 굴립니다
촘촘히 박힌 나이테가
통나무가 자라 온 시간을 알려 줍니다

나무의 일생

비바람 눈보라 견디며
산을 지킨 나무들이
어깨를 단단히 걸었다
어디를 못 가겠느냐
어차피 떠나기 위해
몸을 키우고 키를 높인 것 아니냐
또 다른 세상을 만난다는 것
그것이 바라던 꿈이 아니었느냐
말없이 누운 나무들을 본다
사람보다 나은 나무의 일생

강을 달리는 목탄차

꽁꽁 언 강 위로 차가 달립니다
바람에 연기가 풀풀 날립니다
'불 달린 차'라고 불리는 목탄차입니다
차에는 연료통이 붙어 있습니다
목탄차는 적재함 화로에 참나무를 넣고
밑에서 풍구를 돌려 불을 붙여 달립니다
목탄차는 운전수 혼자 가지 않고 불 때는 조수가 같이 갑니다

언 강 위의 뜨락또르

뜨락또르*가 언 강 위를 달립니다
사람도 타고 나무도 싣습니다
겨울에는 눈 덮인 산길보다
언 강 위로 가는 게 더 빠르고 안전합니다
겨울 언 강 위로 오늘도
뜨락또르가 달립니다

*뜨락또르: 트랙터를 일컫는 북녘 말

눈길

이른 아침
소발구를 끌고
얼음장 위 눈길을 지나갑니다
소발구에 옥수수를 싣고
눈길을 쓸며
뽀드득 뽀드득
잘그랑거리며
강 따라 집으로 갑니다

눈발구

소도 사람도
묵묵히 걷는 눈길
사박사박
눈 밟는 발자국 소리만 들립니다

눈발구에
땔감을 싣고 가는 길
언 몸이 녹고
마음도 따뜻해지는
눈길입니다

제재소로 온 뗏목

뗏목이 운봉호에 도착하면
운봉양륙사업소에서 뗏목을 풀어
운봉121호 공장으로 옮깁니다
오랜 시간 강에 잠겨 송진이 빠진 통나무는
단단하고 결이 갈라지지 않습니다
제재소*에 옮겨진 통나무는 목재로 가공해
북조선 전 지역에 공급합니다

*제재소: 나무를 켜서 널이나 판재를 만드는 기업소

국경 마을에 봄은 오고

따스한 햇살에
너새 지붕 위 눈이 녹았습니다
두꺼운 얼음장 틈새로 물이 흐르고
아낙네는 겨우내 묵은 빨래를 들고
강으로 나옵니다
얼음장이 풀리면
뗏목 띄울 준비를 할 테지요
국경 마을에 봄이 오면
마을 앞은 뗏목을 만들고
뗏목을 띄우는 떼무이터*가 됩니다

*떼무이터: 통나무로 떼를 묶는 일을 하는 곳

겨울 강

얼음장 밑으로 강물이 흐릅니다
머물러 있어도 쉼 없이 흐르는 시간처럼
겨울 강은 더 깊이 천천히
목청을 가다듬는 시간입니다
봄 오면 더 크게 불러야 할 노래를 위해
강은 꿈꾸듯 얼음장 밑으로 흘러갑니다

눈썹달이 지고 나면

눈썹만 한 달마저 지고 나면
강을 건너오겠다고 했다
어스레히 보이는 것보다
어두운 밤이 좋다고 했다

몰래 강을 건너려면
세상이 어두워야 한다
별이 지고 나무와 풀이
바람에 흔들리지 않는 때
눈썹달마저 희미하게 빛을 잃을 때
사박사박 눈 밟는 소리조차 나지 않게
그림자처럼 강을 건너야 한다

어슴푸레 보이는 눈길을
어떻게 오려는 걸까
나는 조용히 머리를 숙이고
내면 깊숙이 들려오는
발소리를 기다린다

한 사진작가의 남다른 집념과 눈부신 성과
– 조천현의《뗏목 – 압록강 뗏목 이야기》를 놓고

최삼룡(중국 조선인, 문학평론가)

20여 년간 조천현과 사귀여온 나는 사진작가 조천현의 삶과 예술을 조금 안다는 자신감으로 출발하여 어줍지 않게도 그의 책《압록강 건너 사람들》과《압록강 아이들》에 '압록강을 사이에 두고'와 '꿈과 탐구와 불안의 결실'이라는 글을 쓴 적 있는데 이번에 또《뗏목 – 압록강 뗏목 이야기》에 몇 글자 더 쓰고 싶어서 이렇게 펜을 들었다. 왜냐하면 사진작가 조천현을 놓고 하고 싶은 말이 더 있기 때문이다.

중국 조선족 문예평론계에 몸담고 있는 나는 1980년대 초기부터 지금까지 40여 년간 중국에서 수백 명의 한국 학자들과 문인들을 만났다. 한국에 30여 차례 나들이하면서 숱한 교수, 작가, 예술인들을 만났는데 조천현처럼 중국에 100여 차례 다녀가고 사진 수만 점 찍은 사진작가는 아직 보지 못하였다.

기자나 시인이나 소설가와 달리 사진작가로서 조천현은 중국에 올 때면 습관적으로 수십 근 되는 사진 기구들을 짊어지고 다닌다. 연길에는 장기간 부엌까지 있는 월세집 한 칸을 세 맡아 놓고 거기에서 자취하면서 사진 작업을 한다. 동북 3성 중국 조선족이 사는 어느 마을이나 도시나 할 것 없이 아니간 곳이 없고 두만강, 압록강 연안의 마을에서 사귄 조선족, 한족 친구도 수십 명이 된다. 사진을 가장 많이 찍은 곳이 바로 두만강, 압록강 북쪽 연안이다. 중국 조선족 역사나 좀 이름 있는 조선족 인물들에 대하여는 여기 연변의 어느 교수나 학자들을 찜 쪄 먹을 정도로 잘 안다.

이렇다면 이제 더 말하지 않아도 조천현의 사진 내용의 풍부성, 독창성, 참신성, 희귀성이 어떻게 창출되는가 짐작할 수 있을 것이다.

《뗏목》에 담긴 사진 102폭은 한결같이 압록강의 뗏목과 뗏목꾼 그리고 압록강 사람들을 소재로 삼았고 한결같이 조천현이 압록강 북쪽 연안에서 찍은 것이다. 이 책은 소재를 뗏목에 고도로 집중시킨 것이다. 확연히 눈에 띄는 것은 이번 사진마다 붙인 문장이 더욱 세련되고 문학적 완성도가 높아진 것이다.

이 책의 소재는 뗏목이다. 인류의 교통수단이나 현대적인 생산수단의 발달로 뗏목은 이제 역사 무대에서 사라질 처지에 놓인 존재로 되었다. 예를 들면 압록강 뗏목과 동시에 생성하고 발전하였던 두만강 뗏목은 지난 1970년대에 이미 사라졌다. 그렇다면 조천현의 이 뗏목 사진은 사라져 가는 것들에 대한 기록으로서 역사적 가치를 평가해드려야 할 것이다.

사라져 가는 것에 대한 기억은 인간의 중요한 본능이다. 역사란 무엇인가? 역시 사라져 간 것들에 대한 기록이 아니겠는가? 이제 조천현의 이 사진 책은 지구촌의 뗏목과 뗏목꾼에 대한 이야기의 맨 마지막 한 토막으로 백만 불의 가치를 획득할 것이 틀림이 없다.

다음으로《뗏목》의 사진에 담긴 압록강 건너 사람들의 삶의 모습들이 참으로 큰 감동과 깊은 사색을 불러일으킨다. 이 사진들을 통하여 조선민주주의인민공화국 사람들, 혹은 북조선 사람들, 혹은 북한 사람들, 혹은 압록강 건너 사람들의 지난 20세기 말 21세기 초 삶의 모습과 신체 동작과 얼굴 표정 그리고 정신적 존재를 구체적으로 들여다볼 수 있다.

만약 당신이 시대와 사회와 인간에 대한 이해가 하나도 없는 게 아니라면 이 사진들을 보면서 많은 생각을 하게 될 것이다. 인간이 산다는 게 무엇인가? 행복이란 게 무엇인가? 세상에서 체제와 이념이란 게 무엇인가? 민족이란, 국가란, 국경이란 게 무엇인가?

물론 이 책 내용의 주요한 한 갈래는 사진마다 맥박 치는 민족의 생존 상황에 대한 걱정과 민족의 밝은 미래에 대한 갈망, 그리고 민족 화합에 대한 간절한 소망이다. 압록강 뗏목에 올라가 동포들과 얼싸안고 회포를 풀고 싶은 마음, 술이라도 한잔 나누면서 서로 친하고 싶은 마음, 아니 압록강을 뛰어넘어 사람들과 이야기를 나누고 낯선 집 안에라도 뛰어들어 온돌방에서 담소하면서 뒹굴고 싶은 마음…… 이런 의미에서 이 책에 실린 사진은 폭마다 모두 한 수의 서정시고 102폭을 통틀면 한 편의 서사시라고 할 수 있을 것이다.

《뗏목》은 내용이 풍부하고 참신하고 희귀하고 독창적인 작품으로 많은 독자들의 환영을 받을 것이라 예측한다.

사진작가 조천현의 남다른 집념에 내내 감동을 받는 나로서는 이제 수십 년간 기록한 조천현의 수많은 사진 작품들이 더욱 화려한 예술로 탄생하기를 기대한다.

압록강 뗏목과
뗏목꾼들의 일상생활을 담고 싶다

2004년 8월, 말로만 들었던 뗏목을 압록강에서 처음 보았다. 나는 뗏목을 지켜보면서 뗏목이 내 마음에 어떻게 다가오는지 느낄 때까지 오랜 시간을 기다렸다. 뗏목이 있는 물동이나 뗏목이 내려가는 강둑 아래서 기다렸다. 무작정 서서 기다릴 때가 많았다. 뗏목이 오는 시간을 알 수 없기 때문이다. 자주 다니며 마주치는 방법밖에 없었다. 뗏목을 만나는 것은 기다림의 연속이다.

뗏목은 강을 이용해 목재를 옮기는 일이다. 압록강 뗏목은 김정숙군 고읍노동자구 동흥 물동에서 해마다 4월 중순 즈음에 처음 띄운다. 압록강 상류 동흥 물동에서 출발해 압록강 중류 자강도 자성군 운봉호까지 운반한다. 운봉원목양륙사업소로 옮겨진 통나무는 목재로 가공해 북조선 전지역으로 보낸다. 뗏목은 구간별로 띄우는 시간이 다르다. 다섯 군데 계벌장(뗏목을 묶어두는 곳)을 거쳐 간다.

뗏목은 뒤로 가지 않는다. 앞으로 내려갈 뿐이다. 강은 아래로 갈수록 강폭이 넓어지고 뗏목의 몸집은 커진다. 뗏목이 흘러 다음 구간 계벌장에 도착하면 내려온 뗏목을 한데 모아 다시 또 내려가기 때문이다. 내려갈수록 뗏목은 거대해진다. 중강진에 다다르면 한 달 동안 모인 뗏목을 끌배로 끌고 마지막 종착지까지 내려간다.

운 좋은 날 지나가는 뗏목을 만나면 가끔 뗏목꾼과 대화를 할 수 있다. 스치고 지나가지만 손 인사를 하고 안부도 묻는다. 뗏목이 멈춰 있거나 중국 쪽 기슭에서 쉬는 날이면 다가가서 말을 걸기도 했다.

처음 말을 걸었을 때 뗏목꾼들은 어색해했다. 얼굴을 마주보고 있다는 것 자체가 긴장이었다. 서로 선입견이 있기 때문이다. 그러나 더 망설였던 건 나였다. 한국 사람이라고 말하지 못했다. 시간이 지나면서 말하지 않아도 서로 어디에서 온 사람인지 알 수 있었다.

오히려 이야기를 터놓는 것은 뗏목꾼들이었다. 뗏목꾼들과 눈을 맞추며 웃는 모습에 공감하려고 했다. 자연과 함께 일하는 현장에서 꾸미지 않은 소박한 얼굴을 볼 수 있었다. 내가 가지고 있던 북조선 사람들에 대한 선입견이 깨졌다.

얼굴을 익히고 나서는 일하는 이야기를 스스럼없이 하며 가정사까지 말했다. 뗏목꾼들은 술담배를 좋아했다. 담배를 물고 일하는 사람이 많았다. 뗏목이 멈춰 있을 때 나는 강 가운데 들어가 담배를 주고받고 나눠 피며 독하다, 싱겁다 서로 웃었다. 내 부탁으로 유벌공(뗏목꾼)의 노래를 불러 준 것이 가장 기억에 남는다. 밥을 지어 먹고 낮잠도 즐기는 평온한 일상생활을 지켜볼 수도 있었다.

뗏목을 취재하면서 눈으로 보고 직접 들으니 그동안 자료에서 보았던 뗏목꾼들의 삶과 다르다는 것을 알았다. 뗏목꾼들은 다른 노동자들에 비해

임금이 높고 대우도 좋다고 말했다. 1985년까지 압록강에서 뗏목 일을 했던 중국 조선족들의 이야기를 들었을 때도 뗏목꾼의 삶이 밑바닥 인생살이는 아니라고 했다.

뗏목을 띄우는 곳은 바다가 아닌 강이다. 그래서 생각보다 일이 고되거나 위험하지 않다고 했다. 헤엄칠 줄 모르는 사람도 일을 한다고 했다. 거센 비바람으로 뗏목이 밀리거나 파손되면 조·중(북조선과 중국)의 강 언덕에 뗏목을 붙이고 양안에 나와 2킬로미터 안팎에서 도움을 받는다.

양국은 1953년 4월 23일 중국 심양에서 압록강을 공동으로 사용한다는 '압록, 두만강 유벌협정서'를 체결했다. 그래서 뗏목을 멈추고 도움을 구할 수 있다. 강을 경계로 나누지 않고 공동으로 이용하기 때문에 가능한 일이다.

나는 뗏목꾼들을 내 느낌대로 자유롭게 찍었다. 뗏목꾼 한 사람 한 사람의 표정이 다르다는 것을 보여 주고 싶었다. 뗏목꾼의 얼굴을 어떻게 담아내야 할까.

그들의 얼굴은 개성이 강했다. 뗏목과 인물마다 각도를 다르게 하고 싶었다. 뗏목과 인물의 개성을 부각시켜 보고자 했다. 앞뒤, 옆에서 볼 때마다 사람의 표정이나 모습이 달랐다. 뗏목도 사람의 얼굴을 닮았다. 사람도 뗏목도 볼 때마다 다른 얼굴을 보였다. 똑같은 장소에서 보는 뗏목도 어제와 오늘이 다르고 시간과 날씨 때문에 새롭게 보였다. 뗏목을 자연스럽게 찍으려고 강을 수십 번 반복해서 오르내렸다.

어느 날은 취재를 하다 보니 날이 저물고 비까지 내렸다. 밤새도록 비를 맞으며 갈 곳을 찾아 중국 장백현 12도구 중국 마을로 갔다. 마을 주민이 나를 탈북자로 신고해 공안이 찾아왔다. 탈북자가 아니라는 걸 알고는 더 좋아했다. 혹시 한국 간첩이라면 포상금을 받을까 싶어서였다.

내가 뗏목을 사진에 담는 까닭은 사라져 가는 뗏목과 뗏목꾼들의 일상생활을 기록하고 싶기 때문이다. 사람들의 얼굴을 담아내고 그 어떤 꾸밈이나 기교를 빼고 있는 그대로의 모습을 보여 주고 싶었다.

뗏목은 기계나 연료의 힘이 아닌 자연의 물길을 따라 움직인다. 기계로 대체하지 않고 수백 년 동안 예전과 똑같은 방식으로 이어져 오고 있다. 전통방식 그대로 지금까지 이어져 오는 직업 또한 '뗏목꾼'밖에 없지 않을까.

그러나 뗏목과 뗏목꾼을 온전히 담아내기에는 한계가 있었다. 뗏목이 지나는 곳은 국경선이라 촬영을 하는 장소나 시간을 내 마음대로 정할 수 없다. 오래 기다려야 하고 빨리 떠나야 했다. 그 일을 헤아릴 수없이 되풀이했다.

기다리는 것밖에 방법이 없고 발품을 팔아야 하는 답밖에 없다. 뗏목꾼들을 취재하면서 북조선 사회를 알려고 하지 않았다. 사회적 이슈나 정치적인 호기심을 채우려고 하면 그들의 모습이 담긴 사진이 이념의 도구로 쓰이거나 갈등 구조로 나뉘는 데 일조한다고 생각했기 때문이다.

우리는 누군가 만들어 놓은 경계에 길들여져 있는 듯하다. 아무도 이 경계를 깨지 않는다.

강은 경계가 아니다. 강은 사람과 사람을 만나게 하는 길이다. 내가 만나

보고 싶었던 사람이나 가고 싶은 땅은 먼 곳에 있지 않다. 강 건너 바로 내 눈 앞에 있다.

나는 뗏목이 뜨는 한 카메라를 들고 뗏목꾼을 계속 찾아 나서고 싶다. 그러나 두만강 뗏목이 사라졌듯이 압록강 뗏목과 뗏목꾼이 언제까지 남아 있을지 알 수 없다.

한 가지 바람이 있다면 뗏목이 사라지기 전에 압록강 뗏목을 타 보고 싶다. 뗏목꾼들과 뗏목 위에서 하루를 보내고 그들이 사는 집에 같이 가 보고 싶다. 술 한잔 마시며 살아가는 이야기를 나누고 싶다.

2023년 가을에

조천현

뗏목
압록강 뗏목 이야기

2023년 10월 23일 1판 1쇄 펴냄
사진·글 조천현

편집 김누리, 김성재, 이경희, 임헌 | **디자인** 남철우
제작 심준엽 | **영업마케팅** 김현정, 나길훈, 양병희 | **영업관리** 안명선
새사업부 조서연 | **경영지원실** 노명아, 신종호, 한선희
인쇄 (주)로얄프로세스 | **제본** 과성제책

펴낸이 유문숙 | **펴낸 곳** (주)도서출판 보리 | **출판등록** 1991년 8월 6일 제9-279호
주소 (10881) 경기도 파주시 직지길 492
전화 031-955-3535 | **전송** 031-950-9501
누리집 www.boribook.com | **전자우편** bori@boribook.com

보리는 나무 한 그루를 베어 낼 가치가 있는지 생각하며 책을 만듭니다.

ISBN 979-11-6314-327-7 03810